AF370906

Collection "Patrie"

HENRY DE CHAZEL

LES PONTONNIERS
SUR LA MARNE

40 c.
Le récit complet
illustré.

F. ROUFF, Éditeur
148, rue de Vaugirard, Paris

LES PONTONNIERS
SUR LA MARNE

I

Les gars de la Marne

CHAMPALOUX coupa le manillon.

— En a-t-il une chance! grogna Verdelier, le caporal-sapeur, qui n'avait pas encore fait un pli (il prononçait *une plie*) depuis le début de la partie.

Les autres partenaires ne soufflaient mot.

Autour d'eux, la galerie demeurait également muette...

Cette manille aux enchères — enjeu : deux kil de pinard — venait, en importance, immédiatement après la bataille qui se jouait, depuis le 16 juillet, aux abords de la Marne.

C'était le premier répit qu'on avait depuis quatre jours, et ce répit serait certainement de très courte durée.

Raison de plus pour en profiter. Aussi s'était-on installé dans le premier entonnoir venu, entre deux marmitages.

> *Pour faire un peu la cour à la Dame de Cœur*
> *Et caresser la barbe à ce bon Roi de Pique.*

Ceux qui n'ont jamais joué aux cartes dans ces conditions ne savent pas le passionnant intérêt de pareilles parties. Seuls peuvent le soupçonner — et de loin encore! — les stratèges éminents de notre national *Café du Commerce*.

Cette partie-ci se disputait, le soir du 19 juillet 1918, aux environs de Montigny-les-Condé, pas très loin de la ferme Maurepas et du moulin qui s'élève le long de la voie ferrée de Montmirail.

Dans ce coin, le terrain avait été pas mal remué par la pioche, par la pelle... et par les obus.

Voici plusieurs jours que la bataille y faisait rage, à la suite de la grande attaque allemande du 15 juillet.

Les Boches avaient passé la Marne juste en face, et ils faisaient un terrible effort pour pousser en avant.

Mais la Marne n'est pas propice aux Germains. Cette ligne d'eau a toujours symbolisé pour eux, dans cette guerre, le rideau cachant Paris à leurs regards hypnotisés. En 1914, ils avaient pu écarter ce rideau et diriger vers la capitale la flamme de leurs yeux cupides; puis, il fallut déchanter. En 1918, c'est encore la Marne qui les attire; ils violent une seconde fois ses rives glorieuses... mais pour combien de temps?

Dès le 18 juillet, notre réaction était telle qu'ils ne pouvaient plus garder l'espoir de s'y maintenir de longues heures.

Et alors, ils jouaient leur grand jeu, sortant toutes leurs foudres d'artillerie et bombardant frénétiquement notre arrière, pour gêner l'entrée en scène de nos réserves montant vers la rivière, la noble rivière qui allait les rejeter.

Des projectiles de gros calibre venaient éclater vers Artonges et Villemoyenne; des 305 étaient lancés en direction de Montmirail, sur la forêt des Rouges-Fosses.

Il en résultait pour nous des pertes sérieuses en hommes et en chevaux, des démolitions de matériel; mais rien n'arrêtait notre ascension méthodique, irrésistible, vers l'antique *Matrona*, rivière latine, cours d'eau de France!

*
**

La manille était terminée.

Sans encombre...

C'est à peine si quelques détonations indiscrètes, claquant à proximité, avaient troublé les joueurs.

Le perdant était le sapeur Champaloux, de la compagnie de pontonniers 4/2.

Lui qui, tout à l'heure, tournait les manilles et coupait les manillons, il venait de voir soudain sa veine le fuir et son succès du début se muait en désastre.

— V'là ce que c'est, mon vieux, disait le caporal-sapeur Verdelier; t'as voulu aller trop vite, t'as été trop gourmand; il t'a fallu rendre ce que t'avais avalé.

— Ça arrivera comme ça aux Boches! déclara le sergent Marchais.

— Eh! ça se pourrait bien! approuva le quatrième, vieux territorial du nom de Bassevelle.

— Dans ce cas, s'écria Champaloux, c'est pas deux litres que je parie : c'est trois!

— Et où que t'iras le prendre, ton vin?... demanda le caporal.

— A la coopé, parbleu!

— Eh ben, vas-y voir!

— De quoi? de quoi? fit Champaloux, qui ne « pigeait » pas.

— Tiens! La ferme Fontaine, où était la coopérative de la division, a reçu quelque chose la nuit dernière! Il n'en reste plus des masses.

— Que de pinard perdu! dit Champaloux, frappé. En voilà, un malheur!

Le sergent Marchais opina :

— C'est moins grave, tout de même, que ce qui est arrivé à nos équipages de pont.

— Quoi donc? demanda-t-on de toute part.

— Eh bien, les gars, la moitié de notre matériel est détruite.

On se regarda avec stupeur.

On ne voulait pas croire à la catastrophe énoncée par Marchais. Mais lui, déjà, donnait des détails.

La nuit dernière, une escadrille ennemie était venue bombarder le camp de Montbaillon, près de Baulne. Une dégelée de torpilles incendiaires. Le feu s'était propagé très vite. Bref, une grande partie du matériel avait brûlé : de nombreux bateaux, une masse de madriers et de chevalets tout prêts, des voliges, des gaffes, des cinquenelles et des cordages, plus de cinquante voitures de transport ou haquets.

Plus de la valeur d'un équipage de pont de corps d'armée.

Sans compter les victimes, malheureusement trop nombreuses.

La communication du sergent Marchais provoqua une consternation générale.

— Avec quoi qu'on va passer la Marne, alors?... dit Verdelier.

— Il est donc question de la repasser? fit Bassevelle.

— Parfaitement, mon vieux terrible-torial.

— Quand?

— Ça, tu iras le demander à Foch... Mais la chose se prépare, n'est-ce pas, sergent?

Marchais prit un air mystérieux.

— Personne ne me l'a dit; mais ça se sent.

— A quoi donc? dit encore Bassevelle, incrédule comme saint Thomas.

— A quoi?... A tout... D'abord, à l'arrêt des Boches, aux combats qui se déroulent depuis hier sur les bords de la rivière... Ensuite, le capitaine a l'air préoccupé, et il a toujours cet air-là quand il prépare quelque chose... Enfin...

Sur ce dernier mot, le sous-officier se tut.

— Enfin? répétèrent dix voix.

— Je ne peux pas tout vous dire... Mais sachez tout de même qu'il y a un ordre écrit...

— Vous l'avez vu, sergent?

— Non. On m'en a parlé.

— Qui ça?

— Le cuisinier de la popote des sous-officiers du Q. G. divisionnaire.

— Oh! alors...

Le « tuyau » prenait force de document officiel, acquérait puissance d'évangile.

— Je vous dis, appuya encore le sergent, je **vous** dis que nous allons marcher et que ça ne tardera pas. Les pontonniers vont faire parler d'eux, mes amis.

— Mais s'ils n'ont plus de matériel?... se lamenta Verdeher.

— Il en reste encore.

— Des débris!

— Possible. Ils n'en auront que plus de mérite... A nous la Marne! et à nous la gloire!

— A nous!

Le sergent Marchais avait bien poussé son petit couplet, d'une voix musicale, riche et mordante, au timbre sympathique. C'était un beau garçon, déluré, souriant. Tout le monde l'aimait à la compagnie. Il était le collaborateur direct du capitaine commandant Delcourt, qui appréciait fort son intelligence et son zèle; et, au fond, c'est du capitaine qu'il tenait le secret dont il venait de livrer une partie à ses camarades.

Ceux-ci, à présent, se sentaient plein d'enthousiasme à la pensée qu'ils allaient faire quelque chose.

Depuis pas mal de temps, ils étaient condamnés à l'inaction.

Les phases récentes de la guerre ne se prêtaient pas à leur entrée en mouvement.

Voici qu'ils allaient prendre leur revanche!

Et tous en étaient joyeux.

Seul, Champaloux se montrait un peu chagrin de ne pouvoir payer le pinard qu'il avait perdu.

II

On se prépare...

Il paraît que nous avons fait 17.000 prisonniers...

— Dont deux colonels!

— Et que nous avons pris plus de trois cent soixante canons...

— Dont une batterie de 210!

Ce dialogue se tenait le lendemain matin, 20 juillet, au même cantonnement que la veille, entre le territorial Bassevelle et un autre pontonnier.

— Le sergent avait raison, opina Bassevelle. Nous ne tarderons pas à marcher.

— C'est peut-être bien pour ça que le capitaine Delcourt est venu le chercher tout à l'heure.

— Tu crois?

— Oui... J'ai entendu parler de recensement du matériel restant.

— A propos...

— Quoi?

— Sais-tu si Champaloux a fini par trouver du pinard?

— Je ne sais pas... S'il n'en a pas trouvé, ce n'est pas faute d'en avoir cherché, toujours.

— Tiens, justement le voici.

— Hé, Champaloux, as-tu pu faire remplir tes bidons?

— Non, les gars... et je n'ai vraiment pas de veine!

— Comment ça?

— Tout à l'heure, on me signale une coopérative au Breuil, où il y en a encore... Je me dispose à y aller... Pas moyen!

— Pourquoi? interrogea Bassevelle.

— Il y a branle-bas pour la compagnie, mes petits agneaux. Faut vous dégrouiller, et plus vite que ça.

— Mais on ne nous a rien dit!

— Puisque je vous le dis, moi! Je suis même envoyé pour ça par le caporal Verdelier. Il y a longtemps que vous le sauriez si vous ne m'aviez pas parlé tout de suite de ce sacré pinard... Ah! quand le boira-t-on, celui-là?

C'était vrai.

Le branle-bas se donnait.

La compagnie venait de recevoir cet ordre :

Passer la Marne.

Cette mission en trois mots indiquait que quelque chose de nouveau, de grand, s'était accompli depuis la veille.

Pour passer la Marne, il fallait qu'on fût tangent à la rive gauche, que cette rive fût abandonnée par l'ennemi qui la profanait.

Telle était la signification de ces simples mots :

Passer la Marne.

Paroles simples, certes, mais tâche ardue, aussi ardue que grandiose!

Et c'était justement la compagnie 4/2 — une des plus réputées du corps des pontonniers — qui avait la chance d'être à pied d'œuvre pour l'entreprendre.

Avec quel cœur elle s'emploierait à la réaliser!

*
* *

Voici le capitaine Delcourt.

C'est un homme de quarante-cinq ans qui, dans le civil, exerce la profession d'ingénieur hydrographe.

Il est grand, fort, haut en couleur; et avec cela, la douceur même. Jamais un mot plus haut que l'autre. Il commande comme il parlerait dans un salon. C'est le calme personnifié, le courage tranquille.

Bien différent apparaît le lieutenant Remazières, qui accompagne le capitaine Delcourt. Petit, fluet, pétillant, l'œil vif et la parole abondante, il est toujours à courir et à se trémousser.

On les aime beaucoup tous les deux. Ce sont d'excellents officiers, très calés — Remazières fut major de Polytechnique — et s'occupant avec sollicitude du bien-être de leurs hommes.

— Où est l'adjudant? s'enquiert le capitaine.

Avec un calme stoïque, ils bravaient la mitraille qui commençait
à pleuvoir autour d'eux (p. 11).

— Il vient de passer avec le sergent Marchais, répond un sapeur.
— Allez me les chercher.

L'adjudant Laurenceau ne tarde pas à arriver, suivi du sergent.
C'est un vieux colonial qui a fait ses débuts au Tonkin, vers 1890,
comme employé au service des jonques armées et canonnières du
corps expéditionnaire. Sa poitrine se constelle d'une demi-douzaine
de médailles, dont la médaille militaire, reçue dernièrement.

— Mon capitaine m'a demandé? dit-il, avec un salut parfait.
— Oui, Laurenceau... Nous allons marcher.
— Ah! ah! fait l'adjudant, avec un sourire de satisfaction.
— Vous avez l'état du matériel?
— Le voici, mon capitaine. Comme vous verrez, il y a beaucoup
de *Néant*.

— Je sais... Le bombardement de l'autre nuit nous coûte cher!
— Et comment remplacer cela? demande le lieutenant Remuzières.
— Nous allons justement nous en occuper, déclare le capitaine
Delcourt.

Et, s'adressant au sergent :

— Voyons, Marchais, vous êtes de cette région-ci?
— Oui, mon capitaine.
— Dans ces conditions, vous devez connaitre un peu les ressources
de la contrée?

— Ressources en quoi, mon capitaine?
— En tout ce qui nous permettrait de remplacer notre matériel

démoli.

— Ça oui... Je pourrai aisément trouver certains éléments.

— Des bateaux ?

— Des barques de pêcheurs, ce n'est pas ça qui manque sur les bords de la Marne.

— Du câble ?

— Pour nos cordages... Il existe une tréfilerie pas très loin d'ici.

— De quel côté ?

— Dans un hameau, près de La Chapelle-Monthodon.

— Notez, Remazières, dit le capitaine Delcourt en se tournant vers son lieutenant. Je vous prierai d'aller tout à l'heure vérifier cela.

— C'est à dix kilomètres d'ici, précise le sergent.

— Dites-moi, Marchais, y aurait-il à cette tréfilerie de quoi établir une traille ?

— Je ne sais pas, mon capitaine, mais c'est probable.

— Vous vous en assurerez sur place, Remazières... Une scierie, à présent ? En connaissez-vous dans les environs ?

— Il y en a plusieurs, mais elles doivent être abandonnées.

— Pourvu qu'on y trouve l'outillage, pour suppléer à ce qui manque au nôtre... La scierie de l'armée fera le reste.

— J'en connais une à Montharmeaux. Elle est très riche en bois ouvré.

— C'est bien ce qu'il nous faut !... Marchais, vous allez partir avec six chariots ; vous ramènerez le plus de madriers et de planches possible pour les panneaux fixes de tablier et les voliges formant les cadres.

— Ici, mon capitaine ?

— Vous repasserez forcément par Montigny-les-Condé, mais tout ce matériel devra être conduit sur la rive de la Marne.

— A quel point ?

Le capitaine Delcourt consulta sa carte au quatre-vingt-millième.

— A la cote 101, entre la voie ferrée et la route, à égale distance de Reuilly-Sauvigny et de Courtemont-Varennes.

— Je vois, dit le sergent, qui avait déplié aussi sa carte.

— Eh bien, partez tout de suite, Marchais... Quant à vous, Remazières, une camionnette du parc va venir vous prendre dans un instant pour vous conduire à La Chapelle-Monthodon. Ramenez tout le câble que vous pourrez.

— C'est donc une opération de grande envergure, mon capitaine ?

— Il s'agit tout simplement de ce que vous savez : passer la Marne... et on a besoin des pontonniers.

— On les trouvera, car ils sont toujours là ! comme les montagnards de la chanson des Pyrénées.

La camionnette arrivait. Le lieutenant y sauta.

En route !

———*———

III

La rivière sacrée

L A Marne coule avec majesté, avec force.

Une force massive et tranquille qui fait qu'elle ne ressem-ble à aucune autre rivière française.

Elle est belle comme l'Yonne, claire comme l'Aube, riante comme le Loiret.

A suivre ses méandres, on devine qu'elle a dû jaillir avec puissance de la grotte qui fut son berceau et qui passe pour avoir donné asile, pendant huit années, à Sabinus et Eponine poursuivis par la fureur des Vespasiens.

O Marne, flots désormais historiques!

Rivière sacrée!

Tu as joué encore un grand rôle en ce printemps de 1918, en arrêtant le Germain dans sa ruée *nach Paris*. Il a, il est vrai, réussi à mordre sur tes rives, mais sur un petit parcours et pour peu de temps; car il a dû repasser de l'autre côté, talonné par la victoire en marche...

Et, dans cette matinée du 21 juillet, ce sont nos soldats qui s'appliquent à te franchir pour poursuivre l'ennemi en déroute

C'est dans la boucle de Jaulgonne, cette manière d'arc si parfait qu'on le dirait tracé au compas, et dont la corde accuse juste dix-neuf cents mètres de long.

La compagnie 412 est là, prête à entreprendre le grand œuvre.

Le capitaine Delcourt venu en dernière reconnaissance pendant la nuit, a décidé de déplacer un peu en aval le point de passage, afin de ne pas être gêné par la ligne du chemin de fer.

C'est donc à la hauteur du hameau de Marcilly (dépendance de Barzy) que se fera l'opération.

De tous côtés, ça amène le matériel récupéré un peu partout.

Un des principes des pontonniers est de faire largement appel aux ressources du pays. Et cela se comprend. D'énormes trains de bois sont nécessaires en certains cas, lorsqu'il y a lieu de doubler ou de tripler les ponts. Impossible de transporter de pareilles quantités de matériaux sans alourdir démesurément les convois et provoquer, par suite de l'encombrement. On prélève ce qu'il faut sur la région où l'on opère.

Ainsi avait procédé le capitaine Delcourt.

A présent, il était certain d'avoir à peu près tout ce qu'il lui faudrait pour remplacer les pièces détruites par le récent bombarde-ment.

Il y comptait, du moins, et attendait avec impatience le retour du

lieutenant Remazières et du sergent Marchais, envoyés en expédition
sur de nouveaux points pour compléter ce qui manquait encore.

Il appela :

— Laurenceau!

L'adjudant arriva au pas de course, — l'allure obligée de tout infé-
rieur mandé par son supérieur.

— Mon capitaine?

— Ces ancres?

— Ça marche, mon capitaine. La S. R. G. P. A. (1) s'en occupe.

— Quand cela sera-t-il prêt?

— A midi.

— Combien?

— Douze grandes et vingt-quatre petites. On est en train de forger
ces dernières.

— Bien... Les voliges?

— La scierie de l'armée les prépare. Il y en a déjà beaucoup de
faites.

— Les madriers?

— Ils arrivent. On les décharge.

Laurenceau désigna des camions stationnant au bord de la rivière.
Autour des lourds véhicules, des corvées s'agitaient.

Bientôt, le capitaine put suivre le déchargement d'un œil satisfait.
Il tira un mètre de sa poche et mesura quelques dimensions.

— Bon! fit-il.

Alors, montrant sur la rive droite une maison éventrée du hameau
de Marcilly :

— Voici la direction générale du travail.

— Nous allons commencer par...?

— Par un bac, puis par un pont volant. Mais cela ne suffira pas.
Il en faudra sans doute deux.

— Deux! se récria l'adjudant... Et avec quoi, mon capitaine?

— C'est bien justement là ce qui m'embarrasse un peu... J'at-
tends le retour du lieutenant Remazières et de Marchais pour être
fixé là-dessus

— Voilà le lieutenant.

Avant que son chef ait eu le temps de lui poser une question, Remazières s'écria :

— Mon capitaine, j'ai tout ce qu'il nous faut... et Marchais, que
je viens de croiser, aussi.

— Vous avez pu rassembler assez de barques?

— Elles foisonnaient sur les rives.

— Quelles dimensions ont-elles?

— A peu près celles des bateaux Véry... Maintenant, il faudrait
du monde pour les désamarrer et les amener jusqu'ici.

— Occupez-vous de cela, Laurenceau.

— Bien, mon capitaine... Où faut-il qu'on aille, mon lieutenant?

______

(1) Lisez : la Section de Réparation du Grand Parc d'Artillerie.

— Tout le long de la rivière. Ne dépassez pas le village de Passy-sur-Marne. Le plus gros est de ce côté, et au delà, les berges sont nettoyées par des mitrailleuses postées entre Trébourg et Courcelles.

— Les Boches feront évidemment tout pour nous gêner, dit le capitaine.

— On s'en f...! gronda Laurenceau en faisant demi-tour pour aller exécuter l'ordre reçu.

— D'ailleurs, continua le lieutenant Remazières, j'ai rendu compte par le téléphone de la brigade au général commandant l'artillerie du C. A.... Le 75 va taper sur ces nids de mitraillleuses.

— Ce doit être ces coups qu'on entend partir tout près d'ici depuis dix minutes.

En effet, de violents claquements de 75 éveillaient les échos de la forêt de Ris, juste en face.

— N'importe! ce sera dur! murmura Remazières, comme se parlant à lui-même.

— Dur ou pas dur, mon cher, il faut que ça marche... Et nous passerons la Marne, il n'y a pas d'erreur là-dessus.

— Je n'en ai jamais douté, mon capitaine, dit vivement Remazières... et la preuve...

— La preuve? fit Delcourt en souriant.

— Cette lettre que j'ai écrite, hier soir à ma fiancée... Voyez : je l'ai datée : Rive droite de la Marne, 22 juillet; et je ne l'expédierai que de l'autre côté.

— Très bien, Remazières, très bien... Donc, hâtons-nous pour ne pas mentir à notre promesse.

*
**

Pour la passer dans l'autre sens, les Boches, eux, avaient eu beaucoup moins de peine.

La plupart des ponts existaient encore.

Par la même inexplicable aberration que pour ceux de l'Aisne au sud du Chemin-des-Dames, on ne les avait pas fait sauter en retraitant.

Manque de temps? Pas d'ordre ou désordre?

On le saura, paraît-il, quelque jour.

Toujours est-il que les Allemands avaient pu librement enjamber la Marne aux ponts de Passy et de Chartèves, et sur la passerelle de Varennes-Jaulgonne, si fine, si légère, si aérienne... — qui fut ensuite détruite par les Américains au moment où l'ennemi, arrêté par leur belle résistance, la remontait en sens inverse.

Depuis ces jours bousculés, il ne restait plus un seul ouvrage d'art sur cette partie de la Marne.

Il fallait donc faire ce qui manquait.

Et c'est à cette tâche difficile et périlleuse que s'employait, de tout son zèle, la compagnie 4/2, de la belle arme du génie-pontonniers.

IV

A l'œuvre!

HARDI, mes amis! Ça marche!

C'est en ces termes que le capitaine Delcourt encourageait son monde, en foulant du pied les premiers mètres carrés couverts du bac qui s'aménageait.

— Ça marche, hein, Marchais?

— Oui, mon capitaine, répondait le sergent, amusé du jeu de mots.

— Ça marche, Laurenceau?

— On ne peut mieux... Mais j'ai idée que nous mangeons notre pain blanc le premier, en ce moment-ci!

— Ce qui veut dire?

— Que ça va trop bien pour durer longtemps.

— Les Boches nous fichent une paix royale... Ça, c'est vrai.

— Et c'est justement ce qui me semble suspect.

— Ils n'ont pas le temps de s'occuper de nous.

— Et pourtant, mon capitaine, nous sommes rudement intéressants pour eux.

— Ils ont affaire ailleurs. Ecoutez comme ça cogne du côté de Dormans.

— Enfin, pourvu que ça dure! comme se disait ce couvreur qui tombait de la hauteur d'un septième étage et faisait cette réflexion optimiste à hauteur du premier.

— Souhaitons-le... profitons-en!

Oui, tout avait merveilleusement marché jusqu'à présent.

C'est aussi que les « hommes du pont » sont une élite...

Depuis la réorganisation de leur premier bataillon, en 1796, on a vu disparaître les bateliers indisciplinés et grossiers qui avaient commencé, sous Louis XV, à organiser le passage des cours d'eau. A l'époque où éclata la Révolution, il n'y avait personne, en dehors des pirates et des ivrognes de la batellerie réunie en corporation à Strasbourg et à Mayence, personne pour construire les ponts destinés aux armées en campagne.

Militarisée en 1792, cette corporation se transforma en bataillons à quatre compagnies : les *Matelots du Rhin*, qui devinrent par la suite de vrais soldats au passage de ce fleuve par Jourdan, des héros sur le Danube avec Lecourbe, des martyrs avec Eblé à la Bérésina.

Ceux du capitaine Delcourt ne le cédaient en rien à leurs glorieux devanciers.

Avec un calme stoïque, ils bravaient la mitraille qui commençait à pleuvoir autour d'eux.

Car les Allemands avaient vu leurs préparatifs et deviné leurs intentions.

Ce bac qui prenait corps, c'était la route destinée aux troupes impatientes de les poursuivre.

Cette route, il fallait la couper! — le plus vite possible.

Et voici qu'un obus tombe en plein sur la partie déjà assemblée.

Le caporal-sapeur Verdelier est projeté à dix pas dans la rivière. Il n'est pas blessé; il nage et peut regagner la rive.

Mais tout le monde n'a pas le même bonheur que lui. Il y a deux tués, et tout l'ouvrage est à refaire.

— Hardi, mes enfants! exhorte encore le capitaine Delcourt, tandis qu'on emporte les victimes qu'il salue avec émotion.

Le câble a été rompu.

Il faut le placer à nouveau.

La première fois, il a été porté sur l'autre rive par deux hommes montés sur un radeau volant gouverné à la gaffe.

Répéter cette manœuvre, ce serait offrir une cible de plus à l'artillerie allemande.

— Champaloux se propose pour assurer individuellement le transport. Il fait amarrer la corde au rivage, prend l'extrémité entre ses dents et se jette à l'eau. Il nage comme un poisson et atteint vite la rive opposée, qui n'est pas à moins de soixante mètres. Cette corde sera la traille du bac; on la tendra tout à l'heure.

Pendant ce temps, un pont s'amorce, en aval. Ce sera un pont de chevalets, la profondeur de la Marne à cet endroit permettant l'emploi de ce système, ainsi que la force du courant, force ordinaire, d'un mètre à la seconde.

Le bac servira au matériel; le pont au personnel.

Tout s'annonce bien. Les matériaux sont là, et en quantité suffisante.

— Activons! activons! répète Delcourt, qui caresse toujours son projet ambitieux : celui de poser deux points.

Quand tous les bateaux qu'il fait rassembler seront ici, il les emploiera un peu plus loin, à un point où la profondeur ne permettrait pas l'usage des chevalets.

On active...

Le lieutenant Remazières est partout à la fois; Laurenceau fait donner sa grosse voix, au fond toujours bienveillante.

En moins de deux heures, le bac est prêt à fonctionner. Justement, un convoi de munitions d'infanterie se présente à l'adjudant.

— Peut-on passer? demande le gradé qui le conduit.

A la même seconde, il tombe, tué raide d'une balle en plein cœur.

Des décharges furieuses sifflent dans l'air; mais chacun garde son calme; et le bac, manœuvré par Bassevelle, le vieux territorial, décolle de la rive avec un premier chargement.

Le voyage s'effectue sans encombre, malgré toute la ferraille envoyée par les Allemands.

Les cavaliers passèrent à la nage (p. 14).

Dix fois, le bac va et vient. Des fantassins y prennent place et aussitôt le pied sur la rive droite, se portent en avant, au commandement d'un jeune aspirant plein d'un entrain endiablé.

Mais sur la rive gauche, la situation devient difficile. L'artillerie allemande a pris cette rive pour objectif; elle la sature, littéralement de projectiles.

Pourtant, les braves pontonniers travaillent toujours, insoucieux de leurs pertes, admirables de sang-froid, *ils tiennent...* et leur ouvrage avance.

Le pont est presque fini.

Malheureusement, plusieurs chevalets s'écrasent; il faut les remplacer, sous un feu de plus en plus vif.

Et des troupes nouvelles s'annoncent sans cesse, demandant le passage!

Une auto arrive. Un général en descend.

Il s'adresse à Delcourt :

— Quand pourra-t-on traverser, capitaine?

— Dans une demi-heure, mon général.

— Je vous donne dix minutes! Prenez mon heure.

C'est la même réponse que celle de Napoléon au capitaine Heckmann, lors du passage du Danube à Ebersdorf, le 22 mai 1809 (bataille de Wagram).

Delcourt règle sa montre sur celle du général qui repart.

Dix minutes!

On lui demande là un tour de force.

Il le fera.

⁂

En effet, moins d'un quart d'heure après, un premier détachement prend pied de l'autre côté, grâce au pont terminé.

Ils vont se succéder de minute en minute.

La fusillade crépite...

Nos pontonniers répondent aux mitrailleuses ennemies; et l'infanterie française, animée de l'élan irrésistible qui fut toujours le sien, va faire sa trouée en prenant d'assaut la hauteur de Barzy.

Pendant ce temps, le bac continue son débit.

Bassevelle, blessé d'un éclat d'obus, est remplacé par son camarade Champaloux.

Cependant, ces deux débouchés — bac et pont de chevalets — ne suffisent pas.

De nouvelles colonnes arrivent : infanterie, artillerie, cavalerie...

Les cavaliers passent à la nage.

Les fantassins se mettent en devoir d'établir un pont de tonneaux. Il existe, à proximité, une distillerie abandonnée. De nombreuses futailles s'y perdent. Ce seront d'excellents corps de support.

A un chef de bataillon qui sollicite des indications et un peu de personnel, le capitaine Delcourt prête le sergent Marchais et six hommes.

— Pour dix minutes, mon commandant.

— Ce n'est guère!

— Pas plus... On nous presse d'établir un pont de bateaux.

En effet, l'artillerie a besoin de ce pont. Il faut le mettre en train, sur l'heure!

Tandis que le sergent Marchais va se mettre à la disposition du commandant d'infanterie, le capitaine Delcourt s'éloigne pour surveiller la mise en place de ses bateaux.

Marchais commande, d'un ton très décidé, la manœuvre à la demi-compagnie que lui donne le chef de bataillon.

Cette manœuvre est simple, tout au moins en apparence.

Il s'agit de réunir les tonneaux au moyen de châssis composés de pièces assemblées longitudinalement et consolidées par des traverses. Tout ce matériel est fourni par l'équipage du pont. Il sert à maintenir les tonneaux qui sont liés solidement à la carcasse du radeau, la bonde en dessus.

Détail essentiel; car si un tonneau vient à être perforé par une balle, il faut pouvoir pomper facilement l'eau qui pénétrera par cette ouverture.

Tout le monde s'y met avec ardeur, — avec rage! au milieu du fracas ambiant.

On travaille en silence; partout règne la même impression d'ordre et de résolution.

Bientôt, le pont de tonneaux est prêt.

Le passage des fantassins commence.

Mais ils sont si nombreux que le défilé exigera un temps fort long.

Et il faut aller vite, — très vite!

C'est la condition *sine quà non* du succès.

Un autre passage serait nécessaire pour l'infanterie.

Voici deux chariots de parc qui paraissent sur la route; ils sont chargés de fascines et de gabions.

A cette vue, l'œil de Marchais étincelle.

Le sergent s'élance vers le conducteur de la première voiture, un brave tringlot, et l'interpelle :

— Où vas-tu?

— Je viens passer.

— Qui t'envoie?

— Mon adjudant.

— Pour qui ce matériel?

— Ma foi, sergent, je n'en sais rien.

— Je le prends!

— Hein? fait le tringlot ahuri.

— Je le prends pour faire un pont de gabions.

— Mais...

— Il n'y a pas de mais!

— Si...

— Il n'y a pas de si! Les gabions, il me les faut!... Allons, avance par ici!

Et, bousculant un peu le brave tringlot qui ne comprend rien à ce qui lui arrive, il dirige lui-même les deux chariots de parc en face du hameau de Rozay.

Là, il choisit les gabions les plus forts, ceux qui ont environ un mètre et demi de long, et fait appel au concours des hommes de corvée accompagnant les deux voitures.

Les gabions sont mis en file bout à bout. Des timons de rechange pris à des voitures et à des caissons abandonnés là servent de perches pour les relier entre eux. On clayonne la surface au moyen de fascines; on saucissonne avec des cinquenelles.

Ce travail va très vite... et voici bientôt un nouveau pont, en état de supporter de lourds fardeaux.

Marchais est content de son œuvre, et très fier de son initiative.

Il contemple un instant le travail accompli et murmure :

— Si ça ne suffit pas, on bourrera de paille nos sacs à distribution, et nous aurons encore un pont : un pont de flotteurs!

Puis, il court annoncer au capitaine Delcourt qu'une voie nou-nouvelle est ouverte sur la Marne!

Le capitaine n'a pu la voir établir, parce qu'elle est cachée par la courbe de la rivière.

V

Sur l'eau...

LA nuit venait...

Des forces importantes avaient déjà passé la rivière.

La réaction allemande faiblissait.

Aux prises avec nos troupes, les arrière-gardes boches lâchaient le terrain.

Mais l'artillerie ennemie continuait de cracher son métal sur la Marne, pour essayer d'en arrêter le franchissement.

Elle ne le ralentissait même pas.

Tout le monde, chez nous, montrait le même héroïsme, la même flamme.

Dans notre ciel, la confiance éployait ses ailes.

Aussi, tous se sentaient stimulés et joyeux.

L'entrain était sans égal.

Nos pontonniers, surtout, dépensaient sans compter leur crânerie enthousiaste, leur stoïcisme; et, pendant que leurs camarades combattants, pour aller plus vite au poste de bataille, passaient en courant sur leurs ouvrages, ils réparaient, construisaient, travaillaient sans relâche.

Deux fois déjà, le pont de chevalets avait été éventré.

Deux fois il avait été refait...

Et maintenant, un régiment superbe s'y engageait, aux accents de *Madelon.*

Tout à coup, un craquement sinistre retentit.

Un arbre énorme, déraciné ou scié par les Boches, vient donner en plein dans le pont de chevalets qui se rompt sous le choc.

Cent hommes sont précipités dans la Marne.

La plupart sont bons nageurs et réussissent à s'en tirer. On organise le sauvetage des autres.

Au même moment, on apprend qu'en amont, la passerelle de gabions a été coupée par ce même arbre, quelques minutes plus tôt.

Là aussi, des hommes sont tombés à l'eau.

Il y a des noyés...

Ce qu'il y a de plus grave, c'est que deux communications vont manquer à l'armée française.

Le capitaine Delcourt s'arracherait les cheveux... s'il en avait le temps. Mais l'heure n'est pas aux démonstrations stériles; elle est aux actes.

Les actes?... Mais en voici le tangible témoignage : — ce pont de bateaux qui va être achevé, et qui sera prêt à l'instant même où sa nécessité s'impose.

Car le capitaine avait bien prévu!

Il appelle son lieutenant.

— Remazières!

— Mon capitaine?

— Aurons-nous fini pour la nuit?

— Certainement.

— Où est Laurenceau?

— Ici, mon capitaine, répond la voix de l'adjudant.

— Comment sont nos hommes?

— Ereintés, fourbus... mais ils ne veulent pas qu'on le dise.

— Braves gens! murmure Delcourt... Laurenceau, vous allez prendre deux de nos poilus.

— Bien.

— Les plus fatigués... c'est pour une petite promenade.

— Et ensuite, mon capitaine?

— Vous les enverrez à ma voiture-popote.

— Où cela?

— Elle doit être dans la forêt de Condé, aux environs de la Grange-aux-Bois.

— La Grange-aux-Bois... Et là, qu'est-ce qu'ils feront?

— Ils s'adresseront à Duhamel, mon ordonnance, et lui demanderont les deux paniers de vingt bouteilles que j'ai en réserve pour la popote des officiers.

— C'est pour apporter ici?

— Bien entendu. Je veux que mes hommes puissent boire un bon coup. Après ce qu'ils ont fait, ils ne l'auront pas volé!

L'adjudant partit commander cette intéressante « corvée de pinard ».

Il désigna Champaloux et Bassevelle, dont la blessure allait mieux et qui n'avait pas voulu être évacué.

— Surtout, leur recommanda-t-il en riant, ne buvez pas tout en route.

— Soyez tranquille, mon adjudant; on en laissera!

Ils plaisantaient... et le camp ennemi tirait sur eux sans trêve...

Le capitaine Delcourt dit :

— Venez, Remazières. Nous allons nous rendre compte de ce qu'on peut faire pour réparer les dégâts à notre pont de chevalets.

— Il n'y a pas grand'chose à faire.

— Pourquoi?

— Nous manquons de matériaux.

— La forêt n'est pas loin, cependant...

— Oui, mais notre personnel restreint suffit à peine... Nous avons des pertes.

— Trois tués, douze blessés! énonce tristement Delcourt.

— Quinze blessés, mon capitaine, rectifie Remazières. On vient encore d'en emporter trois il n'y a qu'un instant.

— Alors, ne parlons plus de réparer... Aussi bien, notre pont de bateaux pourra suffire... Il faudrait prévenir l'armée sans retard.

— Je vais téléphoner.

— Qu'on achemine toute l'artillerie de ce côté. Une grande partie pourra passer cette nuit.

Le lieutenant court au téléphone.

— Mon capitaine? prononce une voix à droite de Delcourt.

Un homme, immobile, salue.

La nuit, complètement tombée, masque ses traits et empêche de reconnaître son visage; mais Delcourt voit luire sur la manche un galon d'or.

— Sous-lieutenant Carlier, attaché à l'état-major de la ...e division... mon capitaine, le général demande que vous établissiez une passerelle...

— De quel côté?

— Entre Charlèves et Mézy, pour tomber sur le carrefour de Mont-Saint-Père qui nous ouvrira de nombreuses routes.

— Monsieur, c'est bien difficile en ce moment... mes hommes sont exténués. La plupart ne tiennent plus debout. Ils n'ont pas mangé depuis ce matin. J'allais leur faire donner la soupe.

— Mon capitaine, je n'ai pas mangé de la journée, moi non plus...

— Oui; mais vous n'avez pas travaillé dans l'eau pendant douze heures.

— Enfin, que dois-je répondre?

— Quand le général comptait-il utiliser la passerelle en question?

— Demain matin, au lever du soleil.

— Avez-vous une équipe capable de travailler cette nuit?

— On la trouvera.

— Faites-moi tailler des longrines, ou poutrelles, de sept mètres de longueur, équarries à quinze ou seize centimètres de diamètre.

— Combien en faudra-t-il?

— Une trentaine... Il me reste encore des chevalets et des voliges
pour le tablier... Alors, j'essaierai... Peut-être pourrai-je faire ce
que le général me demande... Mais je ne garantis rien, surtout au
point où nous en sommes.

Le sous-lieutenant fit demi-tour et partit.

Delcourt le regarda s'éloigner, se fondre dans l'obscurité, avec le
regret profond de ne pouvoir mieux répondre à ce que l'on attendait de lui.

Mais son personnel avait donné tout ce qu'il avait pu, durant cette
journée terrible de fatigues et de périls.

Quelle que fût leur bonne volonté, quelle que fût leur trempe phy-
sique et morale, il fallait à ces hommes plusieurs heures de repos,
sous peine de compromettre la suite.

Car, bientôt, il y aurait de nouveaux efforts à donner.

Au fond, toutefois, le capitaine ne s'inquiétait pas.

La condition qu'il soumettait au général était impossible à remplir
cette nuit même par une équipe improvisée et manquant d'outillage.

Mais cette condition, il n'avait pas pu ne pas la poser...

C'était plus loyal que d'assumer par complaisance une tâche ir-
réalisable et que de faire éclore une espérance sans lendemain.

VI

Le pont de bateaux

L E soleil se levait...

Toute la nuit, des batteries avaient passé sur le pont de
bateaux.

Toute la nuit, les pontonniers avaient travaillé à réfectionner la
passerelle de gabions éventrée par l'arbre lancé dans le courant.

Le travail — comme le passage des troupes — n'avait pas été trop
entravé par l'ennemi.

Le principal obstacle était l'obscurité. Grosse difficulté à vaincre,
tous ces ajustages en pleine nuit, sans qu'il soit possible d'allumer
un falot ou, simplement, de faire briller le mince rayon d'une lampe
électrique de poche.

On avait donc travaillé à tâtons — comme les aveugles.

Quand le jour parut, un nouvel organe fonctionnait donc parfaitement pour le franchissement de la rivière.

Le capitaine Delcourt regardait le pont de bateaux avec orgueil; il
le contemplait, comme le maître-ouvrier admirait autrefois son chef-
d'œuvre.

C'était bien le type parfait, accompli, du pont de bateaux par portières (1), qu'il avait préféré à la construction par bateaux successifs,

____

(1) Une *portière* est la réunion de deux ou trois bateaux pontés ensemble.

à la suite de l'accident survenu au pont de chevalets par ce fait de l'arbre lancé dans le courant.

En effet, en cas d'arrivée d'un nouveau corps flottant envoyé par l'ennemi, il suffirait de détacher la portière menacée et de laisser passer ce corps.

Le capitaine pouvait considérer son pont comme un modèle du genre.

Hélas! sa joie devait être de courte durée.

A peine l'astre du jour commençait-il à se refléter dans les flots moirés de la Marne, les Allemands entreprirent de tirer sur la rivière.

Les coups venaient de loin; l'ennemi avait dû reculer considérablement au cours de la nuit; mais il employait du 105 et du 210, panachés de 130 autrichien, calibres permettant le tir à longues distances.

En peu d'instants, la surface de la rivière se joncha de poissons tués par l'éclatement des obus.

Des poilus se jetèrent à l'eau et firent une pêche miraculeuse.

Champaloux et Verdelier ne furent pas les derniers à se livrer à ce genre de sport.

Ils y gagnèrent quelques kilos d'excellentes perches et de gros brochets.

— V'là que les Boches nous ravitaillent à présent! disait le caporal-sapeur, épanoui.

Malheureusement, les Boches ne faisaient pas que cela :

Ils atteignaient les passages construits et aussi les troupes qui y défilaient.

Delcourt assistait avec inquiétude au développement de cette canonnade qui tranchait méthodiquement d'amont en aval, qui balayait le cours d'eau et ses rives; et il appréhendait le moment où le pont de bateaux serait atteint.

C'était fatal, vu la largeur de cible qu'il offrait aux coups de l'artillerie ennemie réglant son tir des hauteurs de Courmont.

Le moment redouté de Delcourt ne tarda pas à arriver.

Un 210 vint éclater sur la culée.

Le pont partit à la dérive...

Le capitaine poussa un cri de désespoir.

Il y avait du monde sur le pont amputé.

Par bonheur, ni chevaux attelés, ni matériel lourd. C'était un détachement d'artilleurs à pied qu'on envoyait au bois Meunière préparer des positions de batterie.

Tous sautèrent à l'eau et se mirent à nager vigoureusement vers la rive nord.

« Tous », n'est peut-être pas absolument exact. Plusieurs de ces braves gars ne savaient pas nager. Deux ou trois menaçaient de couler bas.

Le sergent Marchais, toujours dévoué et débrouillard, détacha un bateau et se porta au secours de ses camarades en péril. Il fut assez heureux pour les repêcher.

Mais, pendant ce temps, le pont dérivait toujours...

De nouveaux obus l'atteignent, le disloquent.

C'est la fin de cet ouvrage qui a demandé tant de peine, tant d'efforts... la fin au moment où il allait rendre les services qu'on attendait de lui.

Pauvre pont de bateaux!

Pour un peu, le capitaine Delcourt en pleurerait...

Mais cet accident, c'est déjà le passé...

Il faut envisager l'avenir.

Delcourt réunit son petit conseil ordinaire : Remazières, Laurenceau et Marchais.

Il veut les consulter sur la possibilité de refaire l'ouvrage détruit, en tablant sur l'état de fatigue des hommes.

— Que peut-on encore leur demander?

— Tout ! répondent ensemble, le lieutenant, l'adjudant et le sergent.

— Cette réponse, mes amis, je me l'étais déjà faite à moi-même. Seulement, je voulais que vous me la confirmiez.

— Ils vous la confirmeront, eux, mon capitaine, déclare Remazières.

— Réunissez-les ici, ordonne Delcourt à Marchais.

— Rassemblement! crie celui-ci de sa voix claire.

A cet appel, tous accourent, empressés.

Le sergent les place sur un rang et commence l'appel.

— Champaloux?

— Présent!

— Bassevelle?

— Présent!

— Thureau?

— Blessé!

— Calmont?

— Tué!

— Robelin?

— Tué!

— Verdelier?

— Présent!

— Costesèque?

— Blessé!

— Barlanier?

— Présent!

Cet appel dit assez l'héroïsme de ces braves, les pertes qu'ils ont subies...

Et cependant, les voix de ceux qui répondent « Présent » sonnent résolues et fortes.

La parole ne tremble pas plus que les cœurs.

On peut tout demander à ces hommes.

Ils sont prêts à tout donner, — même leur vie.

— Voici, mes amis, commence le capitaine Delcourt... Vous avez

vu ce qui vient d'arriver... Notre pont est démoli; et l'armée a besoin
d'un pont — de ce pont — pour passer la Marne.

Tous les poilus écoutent attentifs, l'œil fixé sur leur chef.

Celui-ci reprend :

— Pourquoi en a-t-elle besoin — un besoin pressant, immédiat?
Je n'ai pas à vous le dire. Vous le comprenez... Il s'agit de refouler
le Boche qui cède, qui faiblit, de le chasser de cette région où il espé-
rait faire une abondante récolte... Il s'agit enfin de lui infliger le

Cinq minutes plus tard, une pièce de 155 long passe, traînée
par ses huit chevaux! (p. 24.)

plus de pertes possible... Pour cela, mes amis, il faut le harceler, le
talonner sans merci.

Une voix s'élève, grave et rude :

— Il n'y a qu'à refaire le pont!

— Bien dit, Verdelier!

Le caporal-sapeur répond simplement :

— Mon capitaine, on va se mettre au boulot tout de suite. Pas
vrai, les camarades?

— Oui! oui! s'écrient-ils tous.

— Nous voulons avoir les Boches!

— Ils ne nous auront pas!

— Au travail!

— Allons-y!

Le capitaine Delcourt souriait, suprêmement heureux.

Jamais il n'avait douté de ses hommes.

A présent, il les vénérait...

Il promenait ses regards attendris sur leurs visages pâlis, labourés, sur leurs traits tirés par l'insomnie et la fatigue écrasante.

Quelle beauté reflétaient ces visages!

Beauté de foi, d'espérance... Beauté de sacrifice et de devoir qu'on veut, coûte que coûte, accomplir!

Ah! certes, Delcourt aurait vivement désiré dire à tous ces héros sublimes et modestes :

— Mes amis, vous avez dépensé toutes vos forces... Moi, je vous donne repos.

Et c'était un nouvel effort qu'il leur demandait...

Et, — sans marchander, — ils lui offraient leurs bras et leur cœur.

Avec une légitime fierté, le capitaine se répétait que ses pontonniers étaient les dignes fils de cette mère incomparable :

La France!

VII

Le tour de force des pontonniers

Tout le monde à l'ouvrage!

Ce mot d'ordre était, à présent, celui de toute la compagnie.

Chacun besognait avec un entrain endiablé, sur les bases d'une division du travail aussi parfaite que possible dans des conditions aussi bouleversées.

Les uns récupéraient tous les bateaux disponibles. Plusieurs étaient partis à la dérive. Ayant moins de bateaux, le capitaine devait renoncer à la méthode de construction par portières. Il allait employer le procédé par bateaux successifs, et ensuite, si possible, par conversion, qui est le plus rapide, quand on peut opérer de jour.

D'autres pontonniers aménageaient trois ou quatre bateaux détachés de la rive et dont ils corrigeaient la hauteur de bordage trop élevée au moyen d'entailles pratiquées à la hache dans les plats bords

D'autres, enfin, mouillaient les ancres, s'occupaient des commandes de poutrelles et des amarres à fixer aux poupées intérieures.

La culée du pont précédent était réparée déjà.

C'était merveille de voir la dextérité, l'habileté, le sang-froid de ces soldats d'élite.

Ils travaillaient en silence. Pas un cri, à peine quelques paroles nécessaires au commandement et à l'équilibre de la manœuvre.

L'œuvre naissait en quelque sorte de leurs bras; elle grandissait; elle devenait *le Pont*...

Et en amont, sur les autres voies fixes ou mobiles qui étaient également leur œuvre, des hommes, des chevaux, du matériel fran chissaient la Marne, sans que la canonnade allemande entravât cette marche en avant, que l'on sentait irrésistible, qui ne s'arrêterait plus!

Maintenant, on plantait les piquets d'amarrage, on apportait les poutrelles de la première travée, on fixait les cordages d'ancre, et on poussait le premier bateau au large... Les poutrelles se fixaient sur le corps mort, les traversières s'amarraient aux piquets; on construisait le tablier...

Puis le second bateau est amené d'amont; le troisième est amené d'aval et ainsi de suite.

Dès le début, le capitaine Delcourt s'était rendu compte de l'impossibilité de placer le pont par conversion, comme il l'aurait désiré si le courant eût été moins rapide.

Mais la Marne s'était un peu enflée pendant la nuit. La vitesse dépassait un mètre cinquante par seconde. Essayer de faire tourner le pont tout d'une pièce après l'avoir assemblé le long de la rive eût été courir un gros risque.

D'ailleurs, il avançait vers son but, le pont de bateaux de la Marne!

En vain les obus perçaient autour de lui, dans l'eau et sur les rives; en vain les shrapnells fusent au-dessus des travailleurs, criblant l'air d'éclats ronflants...

Rien n'arrête les pontonniers.

Quelques blessés encore... Ils sont aussitôt remplacés. Pas une seconde la construction n'est interrompue. On entend ces commandements qui se répètent :

— En place!... Halez!...

Enfin, le dernier bateau est mis en place sur la rive opposée; les poutrelles de la dernière travée se posent et s'attachent; on achève la culée dont les matériaux sont déjà là, apportés par une nacelle.

Cinq minutes plus tard, une pièce de 155 long passe, traînée par ses huit chevaux! Le pont de bateaux n'a pas bronché. Il peut supporter tous les fardeaux militaires, sauf l'infanterie en déroute.

Et maintenant, de minute en minute, il passera d'autres pièces, d'autres batteries.

La Marne est à nous!

FIN

COLLECTION "PATRIE"

40cent. L'OUVRAGE COMPLET ILLUSTRÉ **40**cent.

EXTRAIT DU CATALOGUE

ENVOI FRANCO DU CATALOGUE COMPLET

EN VENTE PARTOUT

F. ROUFF, Éditeur, 8, Bd de Vaugirard, Paris-15^e